KB195251

현대시세계 시인선 175

바다에 버린 모든 것들

최영욱
시집

바다에 버린 모든 것들

최영욱
시집

도서출판 북인

바다의 입상에서 보면
지구의 모든 대륙은 섬일 뿐이다

그 조그마한 섬들에 사는
인간이라는 무리가 바다에 기대 살아간다.

나 역시 강으로 바다로 쏘다니며
내 안의 삿됨을 버리려 노력했다.

이 시집은 강이, 바다가, 자연이
세상이 수런대는 안쓰러운
말들을 받아 적었다.

바다의 안쓰러움도 그렇다.

2024년 초겨울
최영욱

차례

1부

갯바위 抄를 베끼다

조설 釣說*
— 갯바위 抄

이른 새벽 갯바위에 서면
아득한 옛날
약천 선생의 글귀가 떠오른다
근 400여 년을 넘긴 그 옛적에
낚시는 과학이라 하였으니

낚시란 대와 줄, 찌와 바늘의 부침이며
법과 묘리妙理가 작용하여
챔질의 순간과 챔질의 자세는 오랜 경험에서
우러나오는 것이라 하였다.
하여 법은 가르칠 수 있으나
묘리의 터득은 시간에 있다고 하였으며
작은 것을 게을리하지 않으면 큰 것을
이룰 것이라 가르치고 있다

새벽 갯바위에서
바람을 읽고 조류를 보고
수심을 당겨 내 마음속으로 가져올 때
겨우 낚싯대를 펼 수 있을 것이다

*조설 : 남구만의 『약천집』 28권 잡저 편의 낚시 산문(1670년).

간당간당
— 갯바위 抄

"제발 목줄 튼튼히 쓰세요."
갯바위로 오르는 꾼들 뒤통수로
선장의 목소리가 꽂힌다

그 소리 귓가에 쟁쟁거려
1.75호를 쓸까, 2호를 써야 할까
파도가 넘실대는 갯바위에서
후로로 카본줄 1.75호의
목줄을 맨다
덩치 큰 감성돔들은 능히 끊고 도망갈 정도의
목숨줄이자 생명줄을 맨다.

"팅" 하고 줄이 끊어지는 순간
감성돔에게는 생명줄이 될 터이나
겨뤄는 볼 만한 목줄일 것이다

낚싯대로 전달되는 발악의 즐거움과
살려 버팅기는 치열한 버팀이
절정과 혼신으로 부딪치는 갯바위

나도 간당간당한 목숨줄 하나 부여잡고
울퉁불퉁한 갯바위 같은 세월을
간신히 살아냈지 싶은 것이다.

하염없어 하염없는
― 갯바위 抄

영하권의 추위 속에서
서로의 어복 충만을 빌며
담배를 나눠 피는 갯바위가 훈훈하다

서로가 다른 갯바위에서
감성돔 전용 1호 대를 펴고
오늘의 조과를 꿈꾸는 갯바위는
한 발 앞이 절벽이라 늘 위태롭다

파도가 쉼 없이 던지는 질문에
갯바위는 대꾸조차 없고
꾼들이 던져놓은 구멍찌는 아장아장
조류를 타기만 할 뿐 미동조차 없다
시선의 하염없음과 바다의 하염없음이
허공에서 부딪치자, 파도가 웃었다

갯바위에서의 하염없음은 늘 꾼들의 기다림인지
즐거움인지 그 질문도 늘 하염없기는
매한가지라서 하염없는데

어쩌면
당신과의 거리 또한
그러할 것이다.

미조만
— 갯바위 抄

결박을 푼 짐승처럼
태풍 뒤의 바다는 사나웠다
미조항에서 바라보이는 범섬, 띠섬, 반여의 모습들은
바람을 이겨내지 못해 세상을 단념해버린 사람처럼
정처 없어 안쓰러웠다

태풍에는 늘 속도가 있어 언젠가는 지나가고
또 올 것을 알지만
그 상채기와 흉터로 울음만을 울 순 없지
않은가

나는 미조에서 늘 미륵불을 팔았지만
미륵불에 절 한 번은 물론이고 시주 한 번
한 적이 없었으나
오늘 같은 날은 미륵불에 엎드려
생떼라도 쓰고 싶은 것이다.

바람에게는 매듭을
섬들에게는 결박을 당부하는

미조의 하루는 그렇게 아프게
저물고 있었다.

주화입마 走火入魔
— 갯바위 抄

운기조식에 실패한 늙은 고수가

한 발 물러서서 바라보는 강호는

번득이는 살기殺氣로 무장되어 있다

모두가 입과 머리와 가슴에

누군가의 목을 겨누는 잘 벼른 칼날이 숨겨져

있고 숨은 칼날 밖으로는 꽃보다 아름다운

미소들로 치장되어 그 비의秘意를 읽을 수 없다

하여 세상은 숨기고 숨기면서 속고 속이면서

살아간다는 것을

주화입마에 들고서야 알았다.

감성가도感性街道
— 갯바위 抄

하동에서 미조까지 약 160여 리
그 꼬불꼬불하던 왕복 2차선 도로가
4차선으로 확장되면서 '감성가도'라는
이름을 얻었다

하동과 남해를 잇는 19번 국도의 뛰어난 풍광을
일컬음일 것일 터여서 반갑기도 하였지만
하필 한자어라서 픽이나 아쉬웠다

내가 미조를 가는 이유는 술 아니면 낚시
미조항에서 배를 타고 조도, 호도, 띠섬, 반여의
어느 직벽에 서면 낚시
촌놈을 만나면 술이다

하여 내게 감성가도는
감성돔을 잡으러 가는 길이요
촌놈을 만나 흥에 겨워 돌아오는 길이라서
이래저래
감성가도라 좋아라 할 뿐인 것이다.

조경지대
— 갯바위 抄

"3물에는 선장 반찬도 없다"는
오늘이 딱 3물
아장아장 가던 조류도 흐름을 멈춰버린 정조
흘러야 흘리고 흐르고야 입질을 받을 수 있다는
갯바위의 진실이 딱 멈춘 시간

갯바위를 치고 흘러나가는 반탄류에
0.5호 구멍찌를 태운다.
아장아장 얹혀 가던 찌가 본류대로 다가서자
멈칫 멈칫 거품이 일었다.
게거품을 물고 본류와 하나되려는 약한 물길을
자꾸만 밀어내는 본류대

나도 이 세상 살아내면서
입에 게거품을 물 때가 한두 번이었겠는가 마는
더러워서 안 섞이고 굽히거나 휘질 못해
다가가지 않았었고 가보지 않았을 뿐

결코
갈 수 없는 곳은 아니었을 것이다.

*조경지대 : 바다의 본류와 지류가 합쳐지는 곳, 늘 가는 띠의 거품이 인다.

대도大島
― 갯바위 抄

노량포구에서 도선 '대도아일랜호'를 타거나
낚시점에서 운행하는 FRP 낚싯배를 타면
십여 분이면 도착하는 섬 대도
노량포구를 마주보며 길게 늘어서 있다

새벽에 들었다가 저물녘에 나오는
대도의 좌대 낚시는 한가롭거나
하염없을 때가 많다
하여 친구를 부르고 술을 부르고
술에 곁들이는 파도의 소리 또한 정겹다

돌아 나오는 낚싯배에 몸을 실으면
거칠어진 파도가 텅텅텅 배를 밀어내고
배는 통통통 나를 밀어내고

오늘은 11월 19일
저쪽, 해무에 휩싸인 관음포를
엇비슷 바라보다가
내가 마실 술 한 잔을
먼저 따라 드렸다.

미역치
─ 갯바위 抄

아름다운 자태를 뽐내며
물속을 유영하던 조그마한
몸뚱어리가 낚싯바늘을 입에 문 순간
세상에 대한 독기로 가득하구나.

감성돔
─ 갯바위 抄

가을에는 잘다고 괄시를 받고
영등철에는 전설이 되는 물고기

가시등지느러미를 꼿꼿하게 세우면
누구는 바다의 백작이라고 했고
또 더러는 바다의 왕자라고도 불렀지

그 아름다운 자태와
순간을 훔치는 강력한 발악의 힘으로
낚시꾼들의 총애를 받는 물고기

기록고기를 꿈꾸는 많은 꾼들이
차디찬 영등 갯바위에 서면
그냥 전설이 되는 물고기

손맛과 죽을 맛
― 갯바위 抄

혼신을 다해 낚싯바늘을 털어내려는
물고기의 죽을 맛과

죽을 맛으로 버티는 힘을
손맛이라 즐기는 인간

맛과 맛의 궁극의 찰나

전어 인심
— 갯바위 抄

갯바위에서 바람과 영등 추위에 맞서다
포구로 들어서니
봄 전어가 풍년이라며
듬성듬성 썰어낸 전어 몇 점을
낚시꾼들에게 권하고 있었다

그래 말이야
땅이든 바다든
저 전어처럼 듬성듬성 떼어내
세상 모든 사람에게
나눠주고 싶은
딱
그런 시절이다.

바다에 버린 모든 것들*
― 갯바위 抄

누군가 '바다'는 멀리 보는 말이라 했지만
바다는 멀리 만큼이나 넓다

내가 갯바위에 서 있거나 낚싯배를 탈 때
바람이 가져간 모자
수중 암초가 뜯어먹은 낚싯바늘과 낚싯줄과 찌
바람에 날려간 비닐봉지와
그리고
담배꽁초

바람 때문이라 핑계를 대고
어쩔 수 없었다며 비겁하고

그리하여
양심마저 버린 죄

바다의 한숨에 나도 한몫
거들었던 것이다.

*마이클 스타코위치의 책 제목 '우리가 바다에 버린 모든 것들'에서 차용.

테러리스트
— 갯바위 抄

최대 지름 2t, 무게 200㎏, 4,000여 개의 촉수를 지닌
우리 바다의 애물덩어리 노무라입깃해파리
사람을 위협하고 그물을 상하게 하고
번식력 또한 왕성한 바다 속 최고의 테러리스트

도무지 쓸 곳이라곤 하나도 없는
거대한 몸집으로 바다를 휘젓는 괴물

문제는 인간이다 바다의 심각한 오염과
수온 상승으로 이 괴물의 천적들인 쥐치, 상어, 다랑어
개복치, 바다거북, 장수거북, 황새치 등이
줄어들고 있기 때문이란다

점점 더 무서운 테러리스트들이
바다는 물론 지구를 휘감기 전에
그들을 테러할 또 다른
테러리스트를 창작해야 할 것만 같다.

바다의 한숨
— 갯바위 抄

바다도 가끔은 억울하고
울컥거릴 때가 있다
뭍의 인간들에게 따지고 싶은 게
있는 것이다

어쩌면
뜬신들이 모여 다 함께 울부짖는
통곡일지도 모를 일이다

하여 태풍으로 쓰나미로 또 더러는 통곡처럼
인간에게서 받은 모든 쓰레기를
뭍에다 토하는 것이다

바다가 인간을 지배할 날이
올지도 모를 일이다.

2부

바다의 표정

대구

사람이 속을 안 썩이니
날씨가 속을 썩인다며
3톤 대구잡이배 김선장은 걱정이 태산이다.
나흘 전 깔아놓은 그물이 사나워진 바다에
쓸려갈까 끊어질까 걸린 고기가 상할까
하늘만 쳐다보며 담배연기를 한숨처럼 내뱉다가도
그래도 바다는 우리의 보물이라고 텃밭이라고
바다에 비손을 하는 것인데

물너울 타며 물이랑에 윤슬에 새까매진 선장은
바다의 사나운 변덕도 다 잠시라며
그 까탈스러움을 웃음으로 버무리고 만다
저무는 바다를 뒤로 하고 포구로 들어서는 배의
물칸에 큼지막한 대구들이 그득그득 들이차면
"바다가 주시는 만큼만" 가져왔다고 모든 노동을
바다의 공으로 용왕님의 은덕이라 순종한다
바다에 순종하는 법을 어부들은 빨리 배운 것이다.

복사초

진도에서 서망항에서 28.5㎞
어선으로 약 한 시간이면 닿는 수중 암초
진도와 추자도 사이의 이 수중여는
수많은 낚시꾼들에게는 사랑받는
남서해의 명포인트이지만
세월호를 삼킨 그 바다와 인접해 있다.

북위 34도 12분, 동경 125도 57분
그 오열의 바다,
아이들을 삼킨 심연의 물속
아직도 떠나지 못하고 유영하고 있을
어린 혼백들이 너울처럼 해일처럼
일어서는 꿈을 꾼다.

왕돌초

10년도 지난 일이다
미조의 범섬에서 손님고기로 올라오던
제주의 터줏대감인 자리돔, 뱅에돔, 독가시치 등에서
남해의 수온 상승을
그때 읽어냈지 싶다

동해의 수중 금강산이라는
수중산맥 왕돌초에서 참치가 잡히고
방어가 떼로 잡히고 울릉도, 독도까지도 그렇다고 하니
수온이 많이 오르긴 올랐나보다 하다가도
명태가 사라지고 오징어도 서해에서 잡힌다는 요즘
동해 어민들의 살림살이도 생각하다가
그래도 큰일이다 싶어
울릉도와 제주도의 해수면 온도를 비교해보니
불과 2℃ 차이

하여 늘 헤엄을 치며 살아야 하는 천형을 받은
물고기들이 몰려드는 것일 터이다.

극 대 극

극한호우
극한한파에 극한수온까지가
모두 재난이다

2023년 대한민국 기상청은
시간당 72㎜ 이상의 비가 내리면
극한호우 경보를 발령한다고 발표했다

그로부터 1년이 지난 올해
시간당 국지적 극한호우는 100㎜를 훨씬
넘어서는 지역이 늘고 있다

극한의 빗줄기
극강의 폭염
극한의 추위를 견디며 살아내야만 하는 인간들이나
극강의 수온을 버티지 못한 양식장의 물고기나
볼품없는 약자라서 다 그렇다

1.5℃

지구의 마지노선이라는 1,5℃

나는 경유차를 타고
에어컨을 켜고 온풍기를 켜고
육고기를 먹고
바다에는 얼마나 많은 해꼬지를 했던가

스웨이츠 빙하는 경고하고 있다
내가 무너지면
어느 노아가 나타나
방주를 만들 것이냐고

바다의 생산직

나는 바다의 '생산직'이라는
닻자망 선원 명덕씨는
나는 바다공장의 생산직이라 떠들고 다니더니
닻자망 그물에 걸려 그 바다에 빠진 후
배에서 내렸다고 했다

그렇게 뭍에서 한 삼 년 떠돌다보니
늘 새로운 시간을 몰고 오는 파도가 그립고
팔뚝만 한 생선의 은빛 파닥거림이 눈에 선해서
다시 항구로 돌아왔다고 했다

다시 바다라는 공장의 생산직이 된 명덕씨는
어스름한 새벽을 헤쳐 바다로 나가
해를 품고 파도를 넘어
새로움의 시간을 만들 거라고 했다.

보일링

바다가 끓고 있었다
꽃처럼 하얗게 피었다가 이내 지는
살기 위해 쫓고
살기 위해 쫓기는
피도 눈물도 없는 아우성
저 궁극의 은빛 파닥임

먹이가 있는 곳에서 피어나는
저 죽음의 들끓음
물속이나 인간사나
먹기 위해 달리는 저 힘

앗사리판을 겨우 벗어난
멸치 한 마리
내가 서 있는 갯바위로 뛰어올랐다

더욱 뜨거운 지옥으로

투망과 양망

늘 흔들리고서야 바로 서는 목숨 쪼가리들이
다시 바다로 나선다

투망과 양망 사이에는
분명 희망도 있을 것이지만
절망 또는 좌절도 있을 것이어서
바다는 모를 심연이다

거듭되는 망과 망 사이의 생산노동은
멀리서 바라보면 말없이 도道를 구하는 수행자의
모습을 닮아
엄숙하고 경이롭다

투망과 양망은
절망과 희망의 다른 말일 터인데

바다의 깊이를 알 수 없듯
따라야 살 수 있는 게
어부라는 숙명이라서

바다는 늘 있고
희망도 늘 품을 수 있을 것이다.

동해

쿠로시오 난류가 실어나르는 영양염류를 따라
멸치가 오고 전갱이가 오고 고등어, 부시리, 방어가
뒤따르더니 참치가 왔다 남방 참다랑어다

국립수산과학원의 「2024 수산분야 기후 변화 영향」이라는
보고서에 따르면 남해가 1.15℃, 동해가 1.9℃로 더욱
빠르게 수온이 상승하고 있다고 적혀 있다.

난류가 한류를 밀어내면 바다는 더워진다
명태는 오래 전 전설이 되었고 머지않아
오징어도 전설이 될까 두려운 동해

이미 아열대성 어종들이 제주 바다를 점령하였고
울릉도 독도 일부에서도 자주 목격된다고 하니
바다에 목숨줄을 걸고 사는 어부들이나 그들이 잡아온
바다 것들을 먹는 우리나 한숨은 마찬가지 일터여서
동해의 더운 바다가 두렵기만 한 것이다.

어부

"내 피에는 소금이 들어 있다. 피에 소금이
섞이면 바다를 벗어나지 못한다"는 어느 먼
나라 어부의 말에
"내 발바닥에도 파도의 무늬가 새겨져 있어
바다를 떠날 수 없다"고 연안자망을 타는
박씨가 맞받았다

바다가 있어 먼 나라와 소통을 하는
기술을 어부들은 서로 알고
있었던 것이다

선원 박씨는 오늘도 칠성판을 짊어지고
바다로 나선다.

지깅과 파핑

누구는 바다를 쓸 듯이 끌고
또 누구는 바다를 파듯
수없이 올렸다 내렸다를
반복하고 있다

꾼들의 손맛을 위한
저 수직과 수평의
하염없고 쉼 없는 춤사위

벽파진

열엿새의 통제영이었다
버릴 걸 알면서도 들어야 했던 벽파진
'사흘은 비 내리고 나흘은 바람이 불었던' 그 너른 나루
진도 사람들은 임금의 매가 뼛속까지 저민 장군을
선한 눈매로 어루만졌을 것이다

'충무공 벽파진 전첩비'는 거대한 한 덩어리의 바위산 정상에
우뚝 서 확 트인 바다를 응시하고 있었고 "열두 척 남은 배를
거두어 거느리고 벽파진 찾아들어 바닷목을 지키실제 그 심정
아는 이 없어 혼자 눈물지으시다"라고 적혀 있었다

그 어름 까만 오석에
"오메, 오셨소/ 반갑네요/ 또 오시요"라고 새긴
진도 사람들의 뜨거운 마음만이 오롯 서 있었다.

우수영에서

임금의 매가 온몸의 뼈 마디마디에 스며
잠자리를 적시는 식은땀으로 찾아들고
기진한 몸을 이끌고 초라한 함대를 대한다는
것은 또 얼마나 안쓰러웠을까

벽파진을 버리고 우수영 해상에
홑겹으로 펼친 일자진 또한 안쓰럽고
헐거웠으리

이제 우수영마저 버리고 기진한 함대를 이끌고
또 어떠한 거처를 찾아 함대를 보존하고 힘을
키울 것인지는 장군의 식은땀 속에 있을 것이었으리

내가 우수영을 찾은 날은
마침 조금시라서 명량鳴梁은 울지 않았다.

고하도

아들 면은 적의 칼을 받고 죽어
부고로 통곡으로 오고

임금은 결코 죽이지만은 않겠다는
면사첩免死帖으로 왔다

허나 살아내야만 하고
갚아야 할 것이 너무 많고
준비할 것도 많은 가난한 통제영이었다.

노량

— 일휘소탕혈염산하揮掃蕩血染山河

적의 피와 장군 자신의 피로서
노량 바다를 염染하길 소원하였을까
아니면 장군의 피로
임금의 해소 기침을 멈추려 했을까

음력 11월 중순의 차디찬 바람이 판옥선을 쓸고 갈 때
방어래를 입에 문 우리 수군들 이가 얼마나 시렸을까
앙다문 입술 뒤에 숨은 분노와 저개심이
노량 바다에 진동할 때
노량은 일어섰다 바람으로 물결로 분노로 일어섰고
주검으로 막아섰다

장군의 뇌고擂鼓도, 쇠나팔 소리, 총통 소리도
모든 소리가 잠든 노량해협에
호곡애모의 곡哭 소리만이 파도처럼 넘실거렸을 것이리

나는 무엇을 보고 찾고자
이 바다를 어슬렁거리는가.

계신다면. 혹 혼백이라도 계신다면

홍합이라도 한 솥 삶아 따끈한 술 한 잔
올리고 싶다.

고금도

살아 있는 몸으로 출전하여
주검으로 돌아온 마지막 통제영

된장독을 백성들에게 풀어먹이고
면사첩을 불태울 때
장군은 자신이 죽어야 조선이 산다고
생각하셨을까

다음 기항지가 있을지 없을지를 모르는
덕동 수영에서의 마지막 발진이었다

함대의 북소리에 섞여 남겨진 백성들의
울음이 길게 따라나섰다
바람도 잠든 무술년 10월
새벽이었다.

3부

하동포구 抄를 베끼다

황어
―하동포구 抄

겨우내 얼어붙었던 벽소령 눈이 녹으면
그 불 향香도 그리움이 되는 것인가

섬진강 하구 기수역에서 잠시 숨을 고르고
이내 길을 잡아 다시 오르는 지난한 여정
주황색 혼례복으로 치장한 황어들이
화개동천 벚꽃 그늘로 떼지어 들 때

숨이 멎는다

수백 리 물길을 헤쳐
지리산 안 화개동천에
치열하고 숭고한 초례청을 차리면

큰 산 지리산마저도
저 거룩한 문장에 숨을 죽이는 것이다.

참게
— 하동포구 抄

거북하고 낯선 말들이
해일처럼 밀려드는 세상 속으로
어린 참게는 강을 타고 오른다
봄이면 오르던 선조들의 길을 따라 오른다

"집게발 포신을 치켜세우고
팡팡 물대포를 쏘며"*
물살을 거슬러오른다

사는 것은 늘 거기서 거기라지만
저 치열한 오름 끝엔 무엇이 남는 것일까
논둑 도랑에 엎드리거나
지천의 어둑시근한 조그만 굴속에 엎드려
가을바람에 살을 찌울 것일 터

지리산 단풍이 들면 다시 길 떠날 채비를 마치면
이들의 길은 모질 것이다
연어채포망에 걸리거나 어부들의 통발
재첩 잡는 거랭이에 걸려 식탁에 오를 것이다

혼신을 다해 살다가 지역의 특산품이 되는
참게의 일생이 더러는 부러울 때가 있다.

* 정연홍 시인의 「섬진강 기갑사단」에서 차용.

장어
— 하동포구 抄

'집어등을 사용한 실뱀장어 불법포획, 유통금지'라는
펼침막이 섬진강가에 걸려 나부끼고 있다

집어등이란 말은 틀렸다 칠흑 같은 어둠을 따라
봄 강물을 기어이 오르는 그야말로 실 같은 장어 치어들을
쪽대로 뜨기 위한 조명등이라야 맞다

어릴 적 섬진강 양안에 도회의 가로등처럼 늘어섰던
칸델라 불빛들 바람에 흔들리는 건 불빛도 강물도
마찬가지였다 서로가 흔들리는 사이 사이로
눈이 밝거나 운이 좋은 사람들은 물결과 장어 치어를
잘 구분하고 더 운이 좋은 사람들은 탁구공만 한 치어덩어
리를
통째로 뜨면 한 달 살림이 편했던 시절

칸델라가 배터리로 바뀌고 조도가 좋아진 조명등들이
어두운 섬진강가를 수놓자 마침내 포획금지령이 내리고
그 문구가 옛적을 되불러 온다

황어, 참게, 은어, 연어, 장어들이 철 따라 오르내리는

섬진강, 그나마 숨통이 트여 있어 다행인 강
그 백사장에 넋 놓고 앉아 그들의 오르내림에
막힘이 없기를 바람에게 혼자말했다.

연어

― 하동포구 抄

10월이면 열리던 '문학제'가 끝나면
섬진강가 평사리공원에는 경남과 전남을 잇는
'연어채포망'이 내지르듯 강에 걸리고
어김없이 독수리가 찾아오는 계절

더는 화개동천으로 오르지 못한 연어들이
채포되어 인공부화장으로 가고
더러는 죽어 독수리들의 먹이가 되고

수천 킬로미터를 헤엄쳐 돌아온 고향
그 물내음을 따라 헤쳐나온 험난함을
화개동천에 차려질 초례청의 꿈으로
이어왔지만 이제는 길이 막혀 꿈도 막히고

악양동천 초입을 빙빙 돌고 도는
잠수함 같은 연어들을 안타까이 바라보는
개치다리 위의 구경꾼인 나는 물속 세상을
결국 읽어내지도 편입되지도 못했다

다만 영악함을 이기지 못하는 것들에 대한
짠함에 고개만 숙이고 말았다.

다독다독
— 하동포구 抄

섬진강 너른 백사장 한 켠
북소리에 징소리가 얹힌다
휘몰듯 흐느끼듯

지리산 백운산도 넋풀이에 그만 맥이
빠져 침묵할 때 환장하게 깔리는 저녁놀에
징도 북도 채를 놓았다.

자진했거나 홍수에 휩쓸린 수살귀신들
강을 건너 지리산으로 들려다 총 맞아 죽은 귀신들
모두 자박한 강물을 걸어나와 넋 놓고 울 때
그들의 등을 다독거리던 늙은 무녀도
눈가를 훔쳤다

굿이 끝난 뒤
뒷전 귀신들을 풀어 먹일 때
나도 슬몃 끼어들어
떡 하나와 막걸리 한 사발을 받아들었다

뒷전은 뒷전끼리
어울려야 하기 때문이다.

은어
─ 하동포구 抄

봄이면 감미로운 꽃 향으로 흐르고
초여름부터는
수박 향이 진동하는 섬진강

그 향 수천 리 뻗쳐
섬진강가로
화개동천으로 사람들을 불러모으면
은어들은 잘게 쪼개져 접시에 얹히고
더러는 숯불 위에 얹혀 몸을 비트는 것인데

늦가을 습기가 다 빠져나가 지독하게도 맑은
섬진강가를 어슬렁거리다보면
다행히도 인간들의 손을 피해
산란을 무사히 마친 은어의 주검들이
백사장에 환히 널려 있다

저 화엄의 잔상들

재첩
— 하동포구 抄

아이고야 저놈의 인간 말도 마소
새벽부터 강에 나갈 생각은 안 하고
술병으로 나발을 불더니
이제는 재치국을 양푼이째 둘러마시는 기라

아이고 저 원수 겉은 인간
이녘은 모가지가 어깨에 파묻히게 이고
새벽부터 "재치국 사이소 재치국 사이소"
모가지에 불이 나고러 고함치며
이십 리 안팎을 헤매고 있는디
저놈의 종자는 목구멍으로 술이 넘어가는지 모리것다

그래도 아이들이 눈에 밟혀
이 동네에서 저 동네로
버스 시간 맞춰서 차부에서
한 동이 다 팔고 집이라고 돌아와보면

저 놈의 인간 또 술 처마시고
재치국 마시고
처마시고 퍼마시고

잉어
― 하동포구 抄

동짓달로 접어들면 섬진강 꾼들이
바빠진다
목이 좋은 포인트에 공사장에서 빌려오거나
목재상에서 사온 각목이나 비계 파이프로
얼기설기 집을 짓기 시작한다

거기도 빈부가 있어 누구는 가스난로를
들여놓고
누구는 겨우 바람 정도 막는 오두막이
지어지면 펼쳐지는 낚싯대들
누구는 열 대
또 누구는 더 많이

달이 없는 밤의 야광찌들은 별을 닮아
강물에 뜨고
하염없는 기다림에 밤을 새웠다

잉어, 붕어, 누치
더러는 산모들을 위한 해산 음식으로
또 더러는 잘게 포를 떠 무채에 비비고

초고추장에 또 비비면 강가 사람들의 특식이었던
기억의 강가

이제는 눈이 시려 바로 볼 수 없는 강

늘
― 하동포구 抄

'늘'이라는 말 참 좋다
늘 고맙다고
늘 사랑한다고
늘 건강하시란 말
참 좋다

저 곡즉전으로 흐르는 섬진강도
정말 좋다 늘 좋다

내리는 길 막지 마시고
오르는 길 늘 열어놓으시라고
늘 지는 저녁놀에 빌었다

당신에게로 가는 길도 늘
편안하기를 빌었다.

섬진강 아리랑

1.
지리산물 받아 업고
백운산물 안아 받아
가느다란 허리 키워
잘도 잘도 흐르구나
강아 강아 섬진강아
생명의 강 섬진강아

2,
산약초 키운 물이
강 속 생명 다 키우니
잉어, 붕어, 참게, 재첩
메기, 장어, 황어, 연어
강아 강아 섬진강아
등살 푸른 섬진강아

3,
곱디고운 백사장은
황금재첩 품에 넣어
오동통통 키워내니

어깨춤이 절로 나네
강아 강아 섬진강아
어머님 같은 섬진강아

4,
매화 피고 벚꽃 피니
무릉도원 따로 없고
천지사방 사람들이
하동포구 찾아드니
강아 강아 섬진강아
꿈속 같은 섬진강아

4부

건들건들

고슬고슬
—차밭 법당

여린 찻잎에
햇살이 앉았다

순간 눈이 멀었다

차밭에 봄볕이 깔리고 바람이 불면
찻잎도 바람을 타면서 햇살을
퉁겨낼 때

차밭도
고슬고슬한 섬진강 윤슬을 닮아간다.

연두
─ 차밭 법당

곡우穀雨를 열흘 앞두고 차밭에 들어
입하立夏 열흘 지나 세상으로 돌아왔다
일 년, 한 달의 수행이 끝나는 것이다

차밭에 들면 세상이 멀어 좋았다
허나 차밭과 세상은 늘 지척이라
밝음과 어둠, 즐거움과 서러움 또한
연두색 바람을 타고 들려왔다 지워졌다

연두는 애처로운 색일진대
꺾다보면 다향茶香이 사라지듯
여린 찻잎은 손가락 사이를 타고 흘러내리고
이미 꺾은 차나무로 손이 나가는
허방을 짚기 일쑤여서
늘 멀미 같은 시간이었다

연두의 작은 잎들을 가마솥에 덖고 비벼
다관에 담아 뜨거운 물을 부으면
물을 받은 연두들은 말린 몸을 펼쳐
향 같은 기별을 보내오는데

하여 연두는 눈물의 색으로
네게로 다가가는 것이다.

부고訃告
— 차밭 법당

"꿩 꿩"
꿩은 왜 두 번만 울까
왜 두 번만 울까를 생각하는 차밭

꿩이 울자 부고가 왔다
부고는 꿩 울음을 타고도 오고
휴대전화기로도 왔다

어느 큰 작가의 죽음도
전직 대통령의 죽음도
가난한 시인의 노후를 책임지겠다던
젊은 화가의 부고도
꿩 울음을 타고 왔다

하여 차밭은 어느 법당보다
혼자 울기 좋은 법당이었다.

파릇파릇
— 풀밭 법당

4월도 다 되어
고추 모종 심고 호박에 오이
가지도 심었다
도라지밭에서는 빛나는 새순들이
여기 쫑긋 저기 쫑긋
환한 얼굴을 내밀었다

4월 5월은 잡초도 반가웠으나
장마가 끝난 칠월은 잡풀의 힘은 세어져
감당하기 힘들다

베고 뽑고 뜯어냈으나
돌아보면 또 풀

"기는 손, 나는 풀"
풀을 매는 손은 기어가는데
풀은 날아간다 했든가

초록초록 무섭고
파릇파릇 징그럽다.

올망졸망
― 풀밭 법당

길고 요란스런 장마
비와 비 사이
그 사이를 틈타 밭의 풀을 뽑을 때
나는 악의 뿌리를 뽑듯
엄지손가락이 짓무르도록
풀을 베고 뽑았으나

풀밭 사이로 겅중거리는 어린 생명들
여치 메뚜기 청개구리며
우리 토종 산개구리까지
올망졸망 한세상을 열고 있었다

하여 저 여린 것들의 생명터를 들쑤시고
후벼파고 있는 것만 같아
낫도 호미도 슬그머니
내려놓았다

다 내려놓으니 풀밭 생명들의
살아 뛰는 소리가 경전처럼 들려오는 것이었다.

새싹
— 풀밭 법당

싹을 올린다는 것은
우주의 기운을 들이올리는 것이다

도라지 씨를 뿌려놓고선
이틀도 지나지 않아 씨를 뿌린 밭에
쪼그려앉아 몇 분이나 들여다보고
무 씨나 배추 씨를 뿌리고서도
이삼 일도 지나지 않아
또 그 곁에 쪼그려앉은 나를 본
동네 할머니

"갸들도 하늘과 땅의 조화가 맞아야
올라오는 기라 허니 쪼매 기둘리라카이"

천지의 기운을 우습게 본다며
한 대 때리고 지나가셨다.

떠도는 섬

기진한 모습으로 앉아 있었다

파도면 어떻고
너울이면 또 어떠리
저 넘실대는 곳에서는
이탈이나 삶을 도모할 수 없을 터여서
더욱 안쓰러워졌다.

세상 도처
안쓰럽고 위태로이
떠 있는
'격리'라는 수많은 섬들

대동세상大同世上 1

먹혀서는 죽어도
굶어는 죽지 않는
물 속 세계와

굶어죽고 치여죽는
물 밖 세상을 바라보며
바라본다

살아간다는 것이
항상 안쓰러워도
늘
어쩔 수 없음을
어쩔 수 없어하며

건들건들

봄은 잔치다
푸른 밥상과 푸른 술상까지도 그렇다
끓는 물에 살짝 데쳐낸 두릅과 엄나무순은
봄날 최고의 반찬이자 안주인 것이다
푸르름이 주는 행복은 차라리 눈물겹다
하여 봄날은 꽃그늘로 기어들어 자주
술판을 벌이는 것이다 술에 차[茶]에 차곡차곡의
세월을 살다보면 풀과의 전쟁이 시작된다
차밭에 한 달을 살다 세상으로 나오면
고추밭과 도라지밭에는 잡초가 무성하다
이제 연분홍 치마는 봄바람에 휘날릴
기운이 다한 것이다.

봄은 전쟁이다
뽑고 돌아서면 다시 무성하다
하여 옛 어른들께서 "풀을 매는 손은 기어가는데
풀은 날아간다"고 하였을까
농막 하나 지어놓고 '놀이터'라 부르고
고추, 가지, 오이, 호박, 방울토마토, 도라지
짓는데 약 50여 평이다

나머지 200여 평은 놀리느니 동네 할머니들께서
들깨를 심는다고 하셔 내어드렸다
내어드리고 나니 상당한 문제가 생겼다
그 할머니는 들깨를 심을 곳에 미리 제초제를 친 것이었다
"제초제를 쓰시면 땅을 무상으로 빌려드릴 수 없다"고
단호하게 말씀드리니, "약 안 치고 우찌 농사를 짓나?"며
되레 역정을 내시는 것이었다
그러시면 올해는 이왕 쳤으니 농사를 지으시고
내년부터 제초제는 절대 안 된다는 다짐을 받았으나
아무리 설명을 드려도 도무지 이해가 안 된다는 듯
고개만 젓고 돌아서셨다
결국은 서로 불편한 관계로 끝나고 말아
서먹한 봄날

이래저래 봄날도 세월도 건들건들
건들거리며 건너가고 있었다.

혼밥

늙어 희미해진 줄 알았던 맛
떱떠름하고 쌉쌀한 마음으로
한 술의 밥을
목구멍으로 밀어넣을 때
울컥 하고 걸리는 것들

술 한 잔과 섞어 넘겼다.

세월

문인집필실 방 빼는 날

개수대 씻어 정리하고
책상 쓸고 의자 닦고
방 쓸고 닦고 쓰레기 주워 담으며
다음 입주할 문인의 건필을
기원하다가
깜박 잊은 욕실 청소를 한다
물 내려 씻고 닦고
가만 하수구 거름망이 눈에 밟혀
손으로 이리저리 쓸어보았다
한 줌이나 딸려나오는 하얀 머리카락들

쓰레기 같은
지난 세월이
거기 뭉쳐 있었다.

시집詩集의 배후背後

최영욱/ 시인

1

문예지에 발표했거나 혹은 그렇지 않은 누더기 같은 원고지 뭉치를 둘러메고 해남의 '땅끝순례문학관' 내 '백련재문학의집'에 들었다. 늦더위가 기승을 부리던 9월 초였다. 굳이 해남을 고집한 것은 이순신 장군의 흔적들이 어느 곳보다도 많이 남아 있었기 때문이었고 바다가 있었기 때문이다.

해남을 기점으로 완도항에서 청산도로 건너가 1박 2일의 낚시를 생각하며 웃음지었고, 팽목항에서는 추자도와 제주도를 오갈 수 있어 들떴다. 낚시꾼들의 성지 추자도에서의 일정도 잡아보았으나 그 섬은 쉽게 길을 내주지 않을 것 같아 두려웠다. 또한 진도 서망항에서는 복사초나 가거도를 가기가 쉬웠다. 하여 들뜬 마음으로 해남행을 서둘러 왔으나 모든 생각은 행동이 되지 못하여 아쉬운 50일이었다.

방을 배정받고 짐을 부리고 『난중일기亂中日記』를 펼쳐 내가 가야 할 곳들의 순서를 정하기 시작했다. 우수영, 벽파

진, 고하도, 고금도 덕동수영터 등이 주요 대상지였다. 칠
천량 패전 이후 다시 통제사에 제수된 장군의 길을 따라 걷
는 길이었다. 임금의 의심과 매가 온몸 뼈마디에 스민 육
신을 이끌고 12척의 초라한 함대를 거두어 거느렸으나 장
군에게 안전한 정박지는 없었을 터일 것이었다. 하여 장군
은 정유년 8월에 우수영을 버리고 벽파진으로 진을 옮겼다.
진도에도 통제영이 들어선 것이다.

열엿새의 통제영이었다
버릴 걸 알면서도 들어야 했던 벽파진
'사흘은 비 내리고 나흘은 바람이 불었던' 그 너른 나루
진도 사람들은 임금의 매가 뼛속까지 저민 장군을
선한 눈매로 어루만졌을 것이다

'충무공 벽파진 전첩비'는 거대한 한 덩어리의 바위산
정상에
우뚝 서 확 트인 바다를 응시하고 있었고 "열두 척 남은
배를
거두어 거느리고 벽파진 찾아들어 바닷목을 지키실제
그 심정
아는 이 없어 혼자 눈물지으시다"라고 적혀 있었다

그 어름 까만 오석에
"오메, 오셨소/ 반갑네요/ 또 오시요"라고 새긴
진도 사람들의 뜨거운 마음만이 오롯 서 있었다.

벽파진은 앞의 바다가 환하게 트여 있었다. 멀리 보기 좋았으나 물목이 넓어 판옥선 12척으로는 감당하기 어려운 곳이었을 터, 하여 열엿새 만에 벽파진을 버렸다. 왜선들은 어란진으로 집결하여 서해의 길목을 열기 위해 명량으로 몰려들 것이었을 터였다. 장군은 왜군들을 맞이할 명량으로 진을 옮겨 홑겹 일자진으로 적과 대치할 때의 마음은 어떠셨을까. 나는 다시 우수영으로 건너왔다. 그 좁은 물목을 바라보면서 조류의 세기를 가늠해보았다. 허나 그날은 조금이었다. 물의 흐름이 온순해지는 조금은 가장 센 조류인 사리와 대치되는 말. 장군의 12척은 강력한 조류에 의지하여, 강력한 조류를 이겨내고서야 적을 물리칠 수 있었을 것이다.

임금의 매가 온몸의 뼈 마디마디에 스며
잠자리를 적시는 식은땀으로 찾아들고
기진한 몸을 이끌고 초라한 함대를 대한다는
것은 또 얼마나 안쓰러웠을까

벽파진을 버리고 우수영 해상에
홑겹으로 펼친 일자진 또한 안쓰럽고
헐거웠으리

이제 우수영마저 버리고 기진한 함대를 이끌고

86

또 어떠한 거처를 찾아 함대를 보존하고 힘을

키울 것인지는 장군의 식은땀 속에 있을 것이었으리

내가 우수영을 찾은 날은

마침 조금시라서 명량鳴梁은 울지 않았다.

—「우수영에서」 전문

『난중일기』에는 유난히 '식은땀盜汗' 이야기가 많다. 이 식은땀이 "온몸의 뼈 마디마디에 스"민 임금의 매 때문인지 혹은 임진년의 총상 때문인지 나는 모른다. 다만 식은땀에 주목하였을 뿐이다. 거센 조류를 맞받으며 펼친 홑겹 일자진으로 마침내 일궈낸 값진 승리, 장군의 함대는 또 다른 통제영을 찾아 서해를 떠돌았다고 쓰여 있다. 고군산도까지 북상한 함대는 서해의 막막함에 막혀 뱃길을 돌려, 목포 앞 고하도에 수영을 세우고 수군 재건에 힘을 쏟는다.

장군이 고하도에 주목한 이유는 영산강을 끼고 있는 물목이었으며, 아직은 온전한 나주, 영암, 진도, 목포의 넓은 들과 백성들에게서 수군의 앞날을 예견하셨을 것이다. 이에 백성들에게 등을 기대는 장군의 민망함도 보태졌으리. 이곳 고하도에서의 노력이 뒷날의 승리를 담보하였던 바, 새삼스레 장군의 통찰력과 리더십이 돋보이는 통제영이었다. 허나 고하도 수영은 "아들 면은 적의 칼을 받고 죽어 부고로 통곡으로 오고// 임금은 결코 죽이지만은 않겠다는 면사첩免死帖으로(「고금도」)" 온 통곡과 치욕의 수영이기도 했을 터이다.

살아 있는 몸으로 출전하여
주검으로 돌아온 마지막 통제영

된장독을 백성들에게 풀어먹이고
면사첩을 불태울 때
장군은 자신이 죽어야 조선이 산다고
생각하셨을까

다음 기항지가 있을지 없을지를 모르는
덕동 수영에서의 마지막 발진이었다

함대의 북소리에 섞여 남겨진 백성들의
울음이 길게 따라나섰다
바람도 잠든 무술년 10월
새벽이었다.

―「고금도」전문

    해남에서 완도 고금면 덕동 수영을 찾아가는 길은 다리의 연속이었다. 육지와 섬, 섬과 섬을 잇는 다리 다리들. 길은 곧게 펼 수가 없는 돌고 도는 길이었다. 무술년 2월에 통제영을 고하도에서 고금도로 옮긴 장군은 순천에 엎드려 있는 왜적들과의 일전을 준비한 곳이기도 하였다. "된장독을 백성들에게 풀어먹이고 면사첩을 불태울 때" 장군은 자신의 최후를 준비한 것으로 보여진다.
    다음의 전투에서 살아남아 다음 기항지를 생각하거나 임

금의 유지를 다시 받을 생각이 없었던 것으로 생각할 수도 있을 것이다. 관음포에서 판옥선에 실려온 장군의 주검은 수영 뒤편 바다 너머로 강진 마량이 바라보이는 월송대月松臺에 임시 안장되었다가 아산으로 가셨다고 기록하고 있었다. 가져온 소주 한 잔을 올리고 묵념하는 사이, 한 줄기 바람이 소나무 숲을 스치더니 울음 같은 소리로 멀어져갔다.

2

바다는 늘 좋은 친구였다. 새벽 갯바위에 자리를 잡으면 이는 바람도 좋았고, 동이 틀 때의 황홀함은 더욱 좋았다. 밑밥을 치고 낚싯대를 펴고 크릴새우 한 마리 예쁘게 꿰어 첫 캐스팅을 할 때의 흥분과 기다림에 지친 하염없음도 다 좋았다. 운이 좋아서 겨뤄는 볼 만한 감성돔 한 마리 걸면 내 낚싯대의 목줄과 돔의 버티는 힘의 무게를 가늠하고 "팅 하고 줄이 끊어지는 순간 감성돔에게는 생명줄"이 될 터이니 아쉬운 것이 없어 좋았다. 이렇게 가느다란 줄과 바늘에 매달린 감성돔 한 마리의 생애를 짚어보다가 "간당간당"하게 한 세상을 살아내는 모든 생명을 생각했다.

살아간다는 것은 그야말로 안쓰러움의 연속이라는 말에 고개가 끄덕여지는 것이다. 세상을 살아내는 말이나 행동은 여러 가지로 표출될 것이지만 자기의 삶은 그대로의 방식이 살아 있어야 한다고 배워, 다른 세상을 꿈꾸지 않았다. 하여 "간당간당한 목숨줄 하나 부여잡고/ 갯바위 같은 세월을/ 간신히 살아냈지 싶"은 것이다.

"제발 목줄 튼튼히 쓰세요."
갯바위로 오르는 꾼들 뒤통수로
선장의 목소리가 꽂힌다

그 소리 귓가에 쟁쟁거려
1.75호를 쓸까, 2호를 써야 할까
파도가 넘실대는 갯바위에서
후로로 카본줄 1.75호의
목줄을 맨다
덩치 큰 감성돔들은 능히 끊고 도망갈 정도의
목숨줄이자 생명줄을 맨다.

"팅" 하고 줄이 끊어지는 순간
감성돔에게는 생명줄이 될 터이나
겨뤄는 볼 만한 목줄일 것이다

낚싯대로 전달되는 발악의 즐거움과
살려 버팅기는 치열한 버팀이
절정과 혼신으로 부딪치는 갯바위

나도 간당간당한 목숨줄 하나 부여잡고
울퉁불퉁한 갯바위 같은 세월을
간신히 살아냈지 싶은 것이다.

―「간당간당」전문

미조는 19번 국도의 끝이자 시작점이다. 남해의 끝자락에 자리잡은 미조는 많은 부속섬들을 거느리고 있다. 하여 낚시꾼들에게 사랑받는 곳이기도 하다. 새벽 네 시, 또는 여섯 시 포구에 도착하면 무거운 밑밥통과 장비들을 시동이 걸린 낚싯배에 옮겨 실으며 오늘의 조과에 다들 들뜨는 시간이다. 허나 이는 꾼들이 지니는 희망사항일 뿐이다. 기척도 없는 갯바위에 앉아 이 채비 저 채비로 바꿔보지만 바다는 꿈쩍도 않고, 조류와 바람 역시 꾼들의 편이 아니다. 종일 찬바람 맞아가며 버틴 갯바위는 오히려 냉정하고 냉철하여 두렵기만 하다. 겨울바다, 특히 영등철 낚시는 자신과의 싸움, 그러므로 갯바위에서 홀로 버틴 시간은 자신을 단련시킨 또는 되돌아보는 사유의 시간이었을 것이다.

바다는 늘 준다. 염치없는 인간들은 바다로부터 받기만 한다. 하여 누구는 바다를 '보물창고'라고도 하고, 또 누구는 '은행'이라 하고, 또 더러는 '씨 안 뿌리는 텃밭'이라고도 하고, '생산공장'이라고도 한다. 수많은 생명을 거두어 키우고 살찌우면 인간들이 무상으로 거둬가는 바다. 물론 거기에는 노동력과 유류비, 선박 건조비 등의 기본값이 들겠지만, 바다를 이롭게 할 정책이나 반성은 미미한 상태이다. 바다에 기대 삶을 이어가는 많은 사람들이 더 깨끗하고 더욱더 건강한 바다의 생태환경을 위해 노력을 쏟아야 할 터이다.

누군가 '바다'는 멀리 보는 말이라 했지만
바다는 멀리 만큼이나 넓다

내가 갯바위에 서 있거나 낚싯배를 탈 때

바람이 가져간 모자

수중 암초가 뜯어먹은 낚싯바늘과 낚싯줄과 찌

바람에 날려간 비닐봉지와

그리고

담배꽁초

바람 때문이라 핑계를 대고

어쩔 수 없었다며 비겁하고

그리하여

양심마저 버린 죄

바다의 한숨에 나도 한몫

거들었던 것이다.

—「내가 바다에 버린 모든 것들」전문

　지금의 바다는 지구인들의 쓰레기통이 되고 있다고 한다.
찰스 무어 선장이 요트 여행을 하다가 발견한 태평양에 떠
있는 두 개의 거대 쓰레기섬이 그 좋은 예가 될 것이며, 태
풍이나 쓰나미가 닥친 해변이나 갯바위, 갯마을 주변을 바
라보면 모두가 알 수 있을 것이다. 바다가 토해놓은 거대
쓰레기더미들, 우리가 함부로 버린 쓰레기들의 역습으로
우리의 해안이 썩어들어가고 우리의 일용할 양식인 연안의
물고기들이 폐사하고 전설이 되어버린 물고기도 있는 것

이다. 수온 상승과 바다의 황폐화로 천적이 사라지자 노무라입깃해파리의 활성화는 우리 어부들의 골칫거리가 된 지 오래다.

이제 우리 정부나 어민들 모두가 바다에 대한 경각심이 상당하다고 한다. 바다의 목장화 사업. 폐어구 수거 및 투기 금지, 스티로폼 부이의 대체용품도 개발하는 등 노력을 기울이고 있다고 하니 늦었지만 다행스런 일이 아닐 수 없다. 또한 바다의 사막화, 황폐화의 심각성을 알리고 바다숲 조성사업에 박차를 가하는 '블루카본' 솔루션 개발에도 나서고 있다고 밝히고 있어 다행스럽다.

너울에 쓸려간 낚시 장비나 낚싯대 때문에 원통해한 적이 두어 번은 있었다. 그때는 그것이 바다를 앓게 만드는 쓰레기라는 걸 생각하지도 못했다. "바람이 가져간 모자/ 수중 암초가 뜯어먹은 낚싯바늘과 낚싯줄과 찌/ 바람에 날려간 비닐봉지와 담배꽁초"도 그랬다. 이제는 낚시꾼들도 청소할 줄도 안다. 자기 쓰레기는 물론 낚시터 주변의 모든 쓰레기를 줍는 모습도 흔히 볼 수 있어 반갑고도 좋았다.

"내 피에는 소금이 들어 있다. 피에 소금이
섞이면 바다를 벗어나지 못한다"는 어느 먼
나라 어부의 말에
"내 발바닥에도 파도의 무늬가 새겨져 있어
바다를 떠날 수 없다"고 연안자망을 타는
박씨가 맞받았다

바다가 있어 먼 나라와 소통을 하는
기술을 어부들은 서로 알고
있었던 것이다

선원 박씨는 오늘도 칠성판을 짊어지고
바다로 나선다.

—「어부」전문

바다에 업을 가지고 사는 이들은 흔히 말한다. 매일매일 '칠성판'을 짊어지고 바다로 나간다고. 잠수부, 해녀, 선원이 좋은 예가 될 것이다. 어느 먼 나라의 어부가 "내 피에는 소금이 들어 있다. 피에 소금이 섞이면 바다를 벗어나지 못한다"고 말하는 다큐멘터리를 본 적이 있다. 동해에서 가자미배를 타는 선원 박씨에게 이 말을 했더니 "내 발바닥에도 파도의 무늬가 새겨져 있어 바다를 떠날 수 없다"고 하는 말에 나는 무릎을 쳤다. 바다는 바다로 통하고, 어부는 어부끼리 통하는 것이 있는 모양이다. 늘 죽음을 끼고 사는 삶들이 일찌감치 알아버린 운명 같은 말들이었다. 변화무쌍한 바다를 쉬 읽어낼 수 없듯 우리의 삶도 바다나 뭍이나 쉬운 것은 없을 터이다.

3

섬진강가에 있던 우거寓居가 넓혀지는 도로에 들어 하동읍 인근으로 옮겼다. 농막 한 동 지어놓고 '놀이터'라 부른다. 약 50여 평을 땅을 갈아엎어 둑을 만들고, 비닐을 씌우고, 각 골에는 '잡초 매트'까지 고루 깔았다. 하여 봄은 바빴다. 텃밭 정리가 끝나면 차밭으로 들어야 하는 시기가 빠르게 다가오기 때문이다. 인터넷으로 검색하여 오이, 가지, 고추, 호박, 토마토 등의 재배 방식을 공부하였다. 각자 파종 시기가 다르거나, 또는 파종을 할 건지, 모종을 심을 건지도 알아야 했다. 어설픈 농부 흉내를 내다보니 봄은 저물고, 차밭에서 나오는 입하 무렵부터는 풀과의 전쟁이 시작된다.

그래도 이웃들의 눈치가 보여 장마 전까진 그럭저럭 버텼으나, 장마가 끝난 후에는 아예 손을 놓아버렸더니 농막 옆을 지나시는 동네 어르신들의 혀 차는 소리가 천둥 처럼 들리기 시작했다.

싹을 올린다는 것은
우주의 기운을 들어올리는 것이다

도라지 씨를 뿌려놓고선
이틀도 지나지 않아 씨를 뿌린 밭에
쪼그려앉아 몇 분이나 들여다보고
무 씨나 배추 씨를 뿌리고서도
이삼 일도 지나지 않아
또 그 곁에 쪼그려앉은 나를 본
동네 할머니

"갸들도 하늘과 땅의 조화가 맞아야

올라오는 기라 허니 쪼매 기둘리라카이"

천지의 기운을 우습게 본다며
한 대 때리고 지나가셨다.

조그마한 텃밭을 일군다는 것은 생명에 대한 경배 같은
것임을 깨달았다. 씨를 뿌리거나, 모종을 심거나 마찬가지
다. 기다림과 관리가 중요하다. 기다릴 수는 있겠지만 관리
가 문제다. 내가 농사에 대해 배운 것은 "농약, 풀약, 비료"
치지 말고 "땅심을 키울 수 있는 유기농법"이었다. 이 방식
얼마나 어려운지는 세상이 다 안다. 하여 실천하는 분들이
많지 않은 것도 사실이다. 그래도 배운 말들이 귓가에 크렁
거려 반타작의 수확과 자신의 고생을 각오한 사람들만이
실천하고 있을 것이다. 고마운 일이 아닐 수 없다. 예초기
나, 낫, 혹은 손으로 풀을 뽑거나 베고 또 베다가 풀밭에서
경중거리는 풀색과 동색인 여치, 메뚜기, 사마귀 등 그 어린
것들이 눈에 밟혀 풀밭을 또 방치하고 욕먹을 각오를 다시
한다. 이래저래 봄은 골치 아프다.

4

해남에서는 혼밥과 혼술과 묵언의 연속이었다. 백련재에
든 문인들은 소설가 셋, 평론가 둘, 세상에 널렸다는 시인
은 나 혼자라니 신기했다. 옆방의 작가들과의 서너 번의 회
식 자리를 제외하고는 늘 혼자 먹고, 마시며, 자고, 썼다. 가

끔의 전화 통화를 제외하곤 묵언의 연속이었다. 목이 까끄러웠다. 기침도 했다. 허나 그 까끄러움은 가셔지지 않았다. 허나 생애 처음의 문인집필실 입주에 만족하였으며, 역지사지易地思之라고 제공만 해주던 입장에서 빌려 드는 자의 자격과 자세에 대해 생각했다.

바람과 물때를 짚어 해남의 갯가나 완도, 진도의 방파제에서 혼자 놀았다. 세상의 잡스러움이 멀어 좋았다. 혼자라는 홀가분함이 언제 어떤 모습으로 바뀌어 다가올지 몰랐으나 우선 좋았다. 좋아서 시간도 빠르게 지나갔다.

늙어 희미해진 줄 알았던 맛

떫떠름하고 쌉쌀한 마음으로

한 술의 밥을

목구멍으로 밀어넣을 때

울컥 하고 걸리는 것들

술 한 잔과 섞어 넘겼다.

—「혼밥」전문

나는 평생 먹고 마실 혼밥과 혼술을 해남에서 해냈다. 혼자 찾은 식당의 이름과 햇반의 개수와 매일 마셔댄 소주와 깡통 맥주의 개수까지도 세어 기록했다. 인간이 다른 이로부터 강제당하거나 간섭을 받지 않을 때의 인내를 시험하는 것이 술이었다. 오늘의 정량을 다 마셨으나 어느 삿된 생각이 겹치면 그만둘 수가 없었다. 하여 삿됨을 버리려고

애도 써봤으나 허사였다. 문제는 술이었다. 혼술의 위력을 실감하는 몇 번의 밤이 있었음이 해남에서의 흠이라면 흠일 것이다.

약속된 날짜가 다가오자, 옆방의 문인들 하나둘 짐을 싸서는 돌아가기 시작했다. 어쩔 수 없어진 나도 짐을 싸들고 하동포구로 돌아왔다. 가을이 깊어 있었으나 섬진강까지는 내려오지는 않았다. 강가에는 필생의 업보를 마친 은어들의 사체가 더러는 백사장에 또 더러는 낮은 물가에서 이리저리 쓸리고 있었다. 고귀하여 아름다운 사체들이었다.

장군의 뇌고擂鼓도, 쇠나팔 소리, 총통 소리도
모든 소리가 잠든 노량해협에
호곡애모의 곡哭 소리만이 파도처럼 넘실거렸을 것이리

나는 무엇을 보고 찾고자
이 바다를 어슬렁거리는가.

계신다면, 혹 혼백이라도 계신다면
홍합이라도 한 솥 삶아 따끈한 술 한 잔
올리고 싶다.

—「노량」부분

해남을 떠나기 전 '명량대첩제'를 멀리서 혼자 보았다. 바람 불고 오락가락하는 빗속에서 애쓰는 모습들이 아름답고

고마웠다. 물론 지역의 축제들이 지니는 한계는 분명 존재하지만 '명량대첩제'가 지니는 의미는 남다를 수밖에 없었다. 오해와 고난, 역경 속에서 이뤄낸 승리이기 때문에 국민들의 절대적 지지가 따르는 장군의 대첩을 기념하는 행사이기 때문이다.

해남에서 돌아온 나는 다시 노량을 어슬렁거리고 있다. 남해대교와 노량대교 사이에서 어기적거리거나 술을 마시고 낚시를 한다. 한때 이웃인 남해군에서 개최, 재현하였던 '충무공 이순신 장군 장례 행렬'의 뒤를 따라 관음포에서 충렬사까지 걸었던 기억이 새롭다. 자치단체장의 결단에 따라 좋은 행사들이 사라지거나 축소되고, 새로운 지역행사로 대체되는 일이 흔하다.

나는 노량을 어슬렁거리며 무술년 11월 19일을 늘 되뇌인다. 남해군이나 하동군에서 또는 두 군이 합심하여 장군이 전사하신 노량 바다에서 '장군과 조선 수군을 위한 위령제'라도 개최하였으면 좋겠다. 다가오는 장군의 전사 당일에는 "홍합이라도 한 솥 삶아 따끈한 술 한 잔"을 나 혼자서라도 올려야지 싶다.

현대시세계 시인선 175
바다에 버린 모든 것들

지은이_ 최영욱
펴낸이_ 조현석
기   획_ 김정수, 우대식
펴낸곳_ 북인
디자인_ 푸른영토

1판 1쇄_ 2024년 12월 12일
출판등록번호_ 313 - 2004 - 000111
주소_ 121 - 842 서울 마포구 서교동 460 - 34, 501호
전화_ 02 - 323 - 7767
팩스_ 02 - 323 - 7845

ISBN 979-11-6512-175-4   03810
ⓒ최영욱, 2024

이 책은 경남문화예술진흥원의
GYEONGNAM CULTURE AND ARTS FOUNDATION
지역문화예술육성지원금을 받아 발간하였습니다.